LES
PANTINS
DE PROVINCE

SATIRE

par

L. DEBUIRE DU BUC

PRIX : 50 CENTIMES.

PARIS

ANTOINE GAROUSSE, 8 et 10, BOULEVARD BONNE-NOUVELLE.

1861.

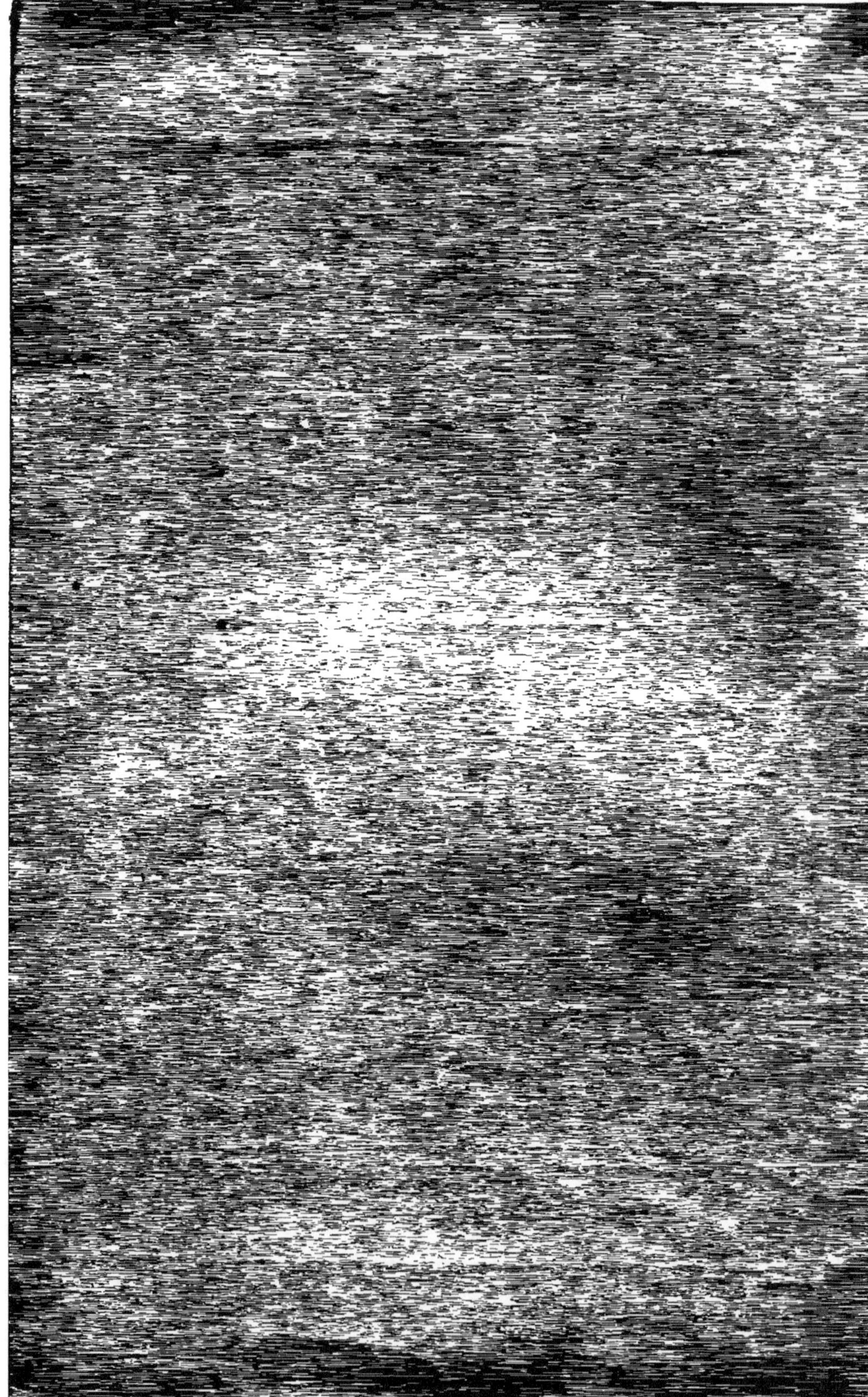

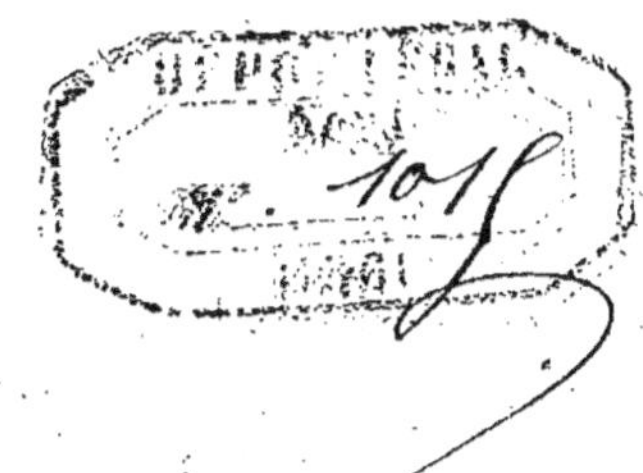

LES PANTINS DE PROVINCE

A TH. D........

Laisse ta plume, ami, c'est en vain qu'elle étale,
A mes yeux, les plaisirs de notre capitale.
Mon cœur reste muet, et toute émotion
S'efface au souvenir de ma déception.
J'ai connu de Paris le séduisant prestige ;
Il s'empare des sens, il donne le vertige ;
Mais il me faut, à moi, qui trace des portraits,
L'original en main pour en saisir les traits.
Ami, j'ai, comme toi, de la belle *Lutèce,*
Contemplé les splendeurs, admiré sa richesse,
Ses palais somptueux, ses vastes boulevards,
Ses temples, monuments du génie et des arts.
Mais, à côté du miel, j'ai rencontré l'absinthe ;
Errant dans les détours de ce grand labyrinthe,
J'ai, pendant quinze jours, — c'est un dur châtiment, —
Ressenti les douleurs d'un triste isolement.
Paris est un torrent, un gouffre où se remue
Un monde indifférent qui roule sa cohue.
Qu'a-t-il été pour moi ? Sut-il chasser l'ennui ?
Un seul de ses regards m'a-t-il crié : C'est lui !!!?
C'est le flot mugissant dont l'écume balance,
Du dernier parvenu, la morgue et l'insolence,
Le prodigue du jour, l'effronté libertin,

1861

Le lion cacochyme et le Crésus hautain ;
Dans un riche coupé s'étale une drôlesse,
Elle a livrée en or, ainsi que la noblesse.
Paraître est le grand art : c'est lui qui fait le rang
De ce brillant dandy, qui grignote en rentrant
Au sein de son réduit, et d'une dent avide,
Un morceau de pain sec, hôte d'un buffet vide.
Les vices, les talents passent inaperçus.
On ne dit rien aux sots, mais on rit des bossus.
Ce n'est point au grand jour qu'on voit le ridicule,
Et, pour le rencontrer, il faut que la férule
Aille sans défaillir le surprendre au logis,
Le saisisse au salon, au bal, partout... hormis
Dans ce préau grouillant, que l'on nomme la rue,
Où des grands, des petits la cohorte se rue.
Mirage décevant, comment l'observateur
Peut-il lever ce voile, et d'un œil scrutateur
Honorer la vertu, bafouer l'imposture,
La mettre au pilori de la caricature.
En province, mon cher, on n'a jamais besoin,
Pour trouver ses sujets, de fouiller chaque coin ;
Ils passent sous nos yeux, et, de leurs pasquinades,
On charge son carnet. Que de pantalonnades !!!
Saisissons le crochet, gare à vos fausses dents,
Imposteurs, qu'à Paris on voit moins impudents.
Montrons la plaie au doigt, foin de la politesse ;
Rions de leur sottise et de leur petitesse.

Je vous évoque donc ; apparaissez, Crétins,
Qui vous croyez si grands ; vous êtes des pantins ;
Et je veux, lourds frelons qui pillez les abeilles,

Ridicules Midas, démasquer vos oreilles.
Je fais fi des cancans et j'enlève le fard
Qui dissimule en vain un front terne et blafard.

Le numéro premier me trouve sur ma porte,
Je m'incline bien bas, un homme de ma sorte
Sait le respect qu'exige un gandin sémillant,
A la chaussette rose, à l'escarpin brillant.
Il est vrai qu'à l'étroit, dans leur fine clôture,
Les pieds plats du quidam sont mis à la torture,
Et ses gros doigts rougeauds, quoique de blanc gantés,
Montrent son origine à leurs extrémités.
Je l'ai donc salué ; grande fut ma sottise,
J'en suis pour mon salut ; mais serait-il de mise
Qu'un seigneur du gros sou, du sucre, ou du coton,
D'un loyal artisan, inepte rejeton,
Dérogeât à ce point de faire révérence
Au modeste chanteur ? Fi ! quelle outrecuidance !
Pourtant, quand de le voir j'aurai l'occasion,
A lui tous mes saluts, et par dérision,
Plus il sera hautain, plus ma modeste échine
Se courbera devant cette antique origine.
O toi, des paltoquets le plus beau, le plus grand,
Triple sot ! comme hommage à ton air conquérant,
Vingt fois en ton honneur s'inclinera ma tête ;
Garde ton couvre-chef, il ombrage une crète...

Pantin numéro *un*, votre compte est réglé ;
Passez numéro deux, sur un char attelé
D'un étalon fougueux, dont la superbe allure,
A coûté vingt écus avec la garniture ;

Jadis coursier fringant, aujourd'hui délabré,
Dédaigné par *Cagnouche* (*) au marché Saint-*André* (**);
Sous le fouet, il retrouve une ardeur juvénile,
Mais, hélas ! à l'oreille, un signe indélébile
Chevronne pour toujours l'animal retraité,
Pour un cuistre impudent, source de vanité ;
Tous-deux, maître et bidet, font semblable figure ;
Désormais, seul le verd convient à leur fourbure.
Allez, l'un portant l'autre, animaux ravagés,
Loin de la ville, en paix, jouir de vos congés.
Il est temps, croyez-moi, de prendre la retraite ;
Vous l'avez mérité, le patron et la bête.

Numéro trois ? Présent. — *Potiron* bel esprit,
Approchez, s'il vous plaît ; vous n'avez rien écrit,
Mais le monde vous croit la cervelle bourrée
Des grands noms de l'histoire et profane et sacrée;
Des dates, cependant, conteur peu rigoureux,
Vous faites bon marché, et par vous, les Hébreux
Passèrent la mer rouge en six cent neuf ; Carthage
Fut prise par Louis quatorze, au moyen-âge ;
Vous connaissez Corneille et citez Colardeau ;
Aiguisez l'épigramme et chantez le rondeau ;
Prud'homme et ses amis, que votre voix fascine,
Arrivent par troupeaux, poser dans la cassine,
Dont grand prêtre sacré vous desservez l'autel.
Vous êtes un oracle, et monsieur tel ou tel,
Cornac assermenté de la ménagerie,
Echo de vos discours, types de hâblerie,
Imbécile, croquant, abruti, désœuvré,

(*) Equarisseur.
(**) Lieu où se vendent les chevaux de réforme.

S'ébaudit aux écarts de votre esprit timbré.
Un crétinisme abject vante avec assurance
Les éclats impudents d'une crasse ignorance.
Pour les sots, Potiron est un sage, un *Solon*,
On les voit tous les jours parqués dans son salon.
Hourrah! mons Potiron, taillez en pleine toile,
Employez, au besoin, le rasoir; votre étoile,
Illuminant le nom de maître *Aliboron*,
D'un pantin bel esprit, me donnant le patron,
Ici, fort à propos, m'offre pour point de mire,
Un sot trouvant encore un plus sot qui l'admire.

Eh! quoi, dans ce logis, des huissiers, des recors!!
Du maître de céans, une prise de corps
A ravi brusquement un père à sa famille.
Les sanglots d'une mère et les pleurs d'une fille,
D'un créancier brutal n'ont pu fléchir le cœur.
Par son ordre, un exempt, requis par sa rigueur,
Aux chances de l'encan, met rabot et varlope;
Pourtant, ce créancier se nomme *Philanthrope*.
Partisan déclaré de la fraternité,
Apôtre furibond de toute liberté,
Nous l'avons vu jadis, républicain austère,
Se faisant défenseur de l'humble prolétaire,
Applaudir à Ledru, lorsqu'en libérateur
Il brisait les verrous, effroi du débiteur;
Il flétrissait alors, dans l'élan de sa joie,
Riche et propriétaire, hideux oiseaux de proie,
L'aristocrate hautain, chacal, vampire impur,
Qui du sang populaire aspire le plus pur!!!
Que les temps sont changés!!! Jadis socialiste,

De candidats fougueux il grossissait la liste,
Et vers quarante-neuf, aspirant montagnard,
Haut et ferme, il tenait l'écarlate étendard.
Orateur dans les clubs, il prêcha la clémence ;
Mais des discours d'alors, perdant la souvenance,
Il a sans nul effort, sans rougir, arraché
Le masque, par la peur, à son front attaché.
Des plus beaux sentiments, l'indigne parodiste
Nous fournit le portrait d'un pantin égoïste.

Tout change... Sur mon front, huit lustres bien fleuris
On marqué leur passage, et quelques cheveux gris,
Précurseurs de l'hiver, ont argenté ma tempe.
Holà ! mes jeunes ans, est-ce ainsi qu'on décampe?
Faut-il, aux yeux de tous, en signes affligeants,
Montrer mon passeport? soyez donc indulgents.
Avec *Sempiternel*, le soleil se repose ;
Le temps, en sa faveur, semble faire une pause.
Le voyez-vous sourire, il exhibe des dents,
Qui, malgré leurs travaux, sont veuves d'accidents.
On jalouse son front, où les boucles soyeuses
De ses longs cheveux noirs, s'étalent gracieuses ;
Son visage rosé, ses brillants favoris,
Sa royale lustrée et l'arc de ses sourcils ;
Sa barbe le dispute aux reflets de l'ébène ;
Il a fière moustache, ainsi qu'un capitaine.
Sa démarche est hardie, et sa légèreté,
Du jarret dit la force et l'élasticité.
On lui donne trente ans, mais tout bas on avance
Qu'il a dû retrouver les sources de Jouvence,
Dont il fait son profit, ou quelque parchemin

De feu Cagliostro... du fameux Saint-Germain.
Pour moi, je ne saurais résoudre ce problême;
Car, si Sempiternel a reçu le baptême,
Ce fut dans l'autre siècle, et j'étais au maillot,
Que déjà mon gaillard faisait le parpaillot.
Je songeais sur ce point, quand soudain, à l'oreille,
Une voix doucement me dit : « Je te conseille
De te plaindre si haut et d'accuser le sort;
Grand et naïf enfant, écoute-moi d'abord :
Sais-tu bien à quel prix Sempiternel abuse
Les yeux peu clairvoyants; la tête de Méduse,
Aux regards meurtriers, à Persée, autrefoi,
Dut causer moins de crainte, inspirer moins d'effroi
Que de Sempiternel la longue et triste face,
Lorsqu'au lit, vers le soir, il livre sa carcasse.
De ses charmes, veux-tu connaître le secret?
Tiens, vois sur ce divan, ce gracieux corset,
Ce frac bien rembourré ; vois aussi la mâchoire,
Chef-d'œuvre de *Dujat*, éblouissant ivoire !!
De l'artiste en renom, l'aérien toupet,
Et ce tas de coton, remplaçant le mollet.
Visitons ces objets dignes d'une coquette.
Regarde ce flacon, je lis sur l'étiquette :
Teinture à la minute, à bas les cheveux gris !
Ceci rompt le secret de ses noirs favoris;
Voici le frais *cold-cream* avec le *lait d'amande,*
Le *sirop de framboise* et l'extrait de *lavande,*
Des lèvres le carmin, la *poudre de Tiflis,*
Enfin, dans ce cristal est l'*essence de lys.*
Regarde maintenant la pauvre créature,
Lever péniblement la blanche couverture,

Couvrir d'un vieux foulard son crâne dénudé,
Et dis-moi si tu veux user du procédé.

Voici, monsieur *Furet*, la gazette ambulante
Des chroniques du jour, lumière étincelante,
Moniteur matinal avec l'aube levé,
Le programme nouveau, dans sa tête est gravé.
Philis, vous dira-t-il pour hâter sa fortune,
A fait, la nuit dernière, une entaille à la lune ;
D'Agèle, ce matin, la présence, en rentrant,
Fit fuir par la fenêtre un imberbe parent
Introduit par madame en l'amoureuse cage,
Alors que son mari se distrait en voyage.
Mais, hélas ! l'Adonis, s'élançant du balcon,
S'est brisé la rotule ; Agèle, en vrai Gascon,
L'œil morne, consterné, tristement, par derrière,
Suivit jusqu'au logis la funeste civière,
Et Furet se demande, en le voyant marri,
S'il doit blâmer l'amant ou plaindre le mari.
Le courageux Ritar, qui, sous la république,
Fit briller ses vertus et sa flamme civique,
D'une indigestion, vient d'aller au trépas.
— La Parque nous saisit, même dans nos repas ! —
Que n'a-t-il, dédaignant les cent mets d'une carte,
Préféré le brouet des rudes fils de Sparte !
Les bans sont publiés ; Cranius le beau-fils,
Epouse une ouvrière, et d'Albo le marquis,
Ne craint pas d'élever Emma la roturière
Jusqu'à lui ; mais on dit que la riche héritière,
D'un immense foncier, de fermes, de châteaux,
Peut relever l'écu de trente hobereaux,

Et la bobine d'or, en dépit des bégueules,
Va briller au sommet des tours en champ de *gueules*.
Son char, de six coursiers maintenant attelé,
Promenait, sur le cours, Phénix cinq fois brûlé ;
Pingre vient d'acquérir un castel magnifique.
D'où lui vient son trésor, est-ce de sa boutique ?
Seul il s'y morfondait, jamais nul n'acheta
Le moindre objet chez lui, mais on dit qu'il prêta
A très gros intérêts, que toutes les huitaines
Les jaunets décuplés revenaient par centaines,
En fils reconnaissants, grossir son capital.
Comme Furet flétrit ce trafic immoral !
Enfin, pour clôturer, des nouvelles, la liste,
Thémis s'appesantit sur Vannes, le chimiste ;
Il cherche le grand œuvre, et Clyso, le docteur,
Est allé le rejoindre ; on le dit séducteur
D'une enfant au maillot. L'empereur de la Chine
Vient de prendre un brevet ; auteur d'une machine,
Que l'on vit figurer à l'exposition,
Il guérit les douleurs de la dentition.
La gent *porte-hochet* lui vote une mâchoire
Mais ailleurs attendu, Furet clot son histoire,
Et depuis le matin jusqu'à la fin du jour,
Il peuple de cancans la ville et le faubourg.

Tel on voit l'épervier, signalant son passage,
Semer sur les chemins les débris du plumage
Des pauvres oisillons surpris dans la forêt ;
De même, aux sots propos, à la trace on suivrait
Celui que dans tous lieux les pauvres et les riches
Surnomment plaisamment le pantin des affiches.

Holà ! place, vilains ! vous, manans, chapeaux bas !
Voici mons *Du Bougeoir*, marquis de *Carabas ;*
Noble à trois cents quartiers, seigneur de haute mine,
Raide, sec et guindé, vers nous, il s'achemine.
Qui pourrait, à l'aspect de sa haute façon,
Nier le descendant d'un illustre écusson ?
Quelle grâce en marchant ! et chacun, j'imagine,
D'un noble fils des preux reconnaît l'origine ;
Que ce feutre léger, sur l'occiput placé,
A de grâce, et ce col d'amidon empesé,
Comme il ceint cette fine et mignonne encolure,
Qu'il serait martial revêtu d'une armure !
Qu'un haubert, de ses traits empreints de majesté,
Relèverait la force et la virilité !
Son œil fier, parcourant l'horizon de la rue,
Jamais sur un vilain ne repose la vue.
Du Bougeoir, de son rang, sent trop la dignité
Pour risquer un regard avec légèreté.
Son œil domine tout ; tel cherchant sa curée,
L'aigle planant dans l'air, embrasse une contrée,
N'avisant que canards qui barbottent dans l'eau,
S'éloigne avec mépris de l'infime troupeau ;
Ainsi fait Du Bougeoir, et quel honneur insigne
Pour vous, si d'un salut vous êtes jugé digne.
Mais, hélas ! la médaille a toujours un revers,
Et Du Bougeoir aussi, compte plus d'un travers.
Ainsi, ce noble altier, en réglant quelque compte,

Retire un liard au franc, sous prétexte d'escompte (*).
Au donjon Du Bougeoir, au valet grelottant,
Il rognera cinq sous, au cocher tout autant ;
Et blâmant le marchand, qui ne songe qu'au lucre,
Repèse le café, la mélasse et le sucre.
On l'a vu maintes fois, à la halle au poisson,
D'une anguille de mer (**) marchander le tronçon.
Du reste, persiffleur des façons roturières,
Monseigneur Du Bougeoir est de hautes manières,
Et porte en son blason, vendu par le régent,
Le picotin d'avoine, aux trois dindons d'argent.

Eh ! mais qui vient là-bas, portant si haut la tête ?
Eh parbleu, c'est bien lui, ce bon monsieur *Fourchette* ;
Comment le méconnaître, en voyant les chapeaux
S'agiter sur les fronts, affectueux signaux ?
Quel homme bienveillant, que ce monsieur Fourchette !
On l'adore en tous lieux, et combien je regrette
De n'avoir point l'honneur d'être de ses amis.
J'espère pourtant voir un jour son couvert mis
A ma table, et déjà je lui tiens en réserve
Un flacon de vin vieux qu'avec soin je conserve.
Il prendra, si le ciel m'accorde ce bonheur,
Le haut bout de la table et la place d'honneur.
Le pauvre homme ! vraiment, je plains sa destinée ;
Pas un instant à lui, même après la dînée,

(*) Dans certaines villes de province, alors que la monnaie de billon était moins rare qu'aujourd'hui, les femmes de ménage retiraient, à titre d'escompte, dix centimes sur les pièces de cinq francs, et un liard sur celles d'un franc.

(**) Poisson commun ayant l'apparence du cabillaud.

A table on le retient ; il boit jusqu'à la nuit,
Grignotant à regret le gâteau, le biscuit,
Et quand, las de lutter, comblant son espérance,
Son hôte, sur le seuil, lui fait la révérence,
Il rentre en son logis, où quelque rogaton
L'attend sur une nappe en toile de coton.
Là, maudissant le sort, sa compagne inquiète,
Avec un regret feint, conseille la diète,
Et pour le lendemain serre le miroton
Que saura bien encore éviter le glouton.
Pour un repas, dit-on, il fait mainte courbette,
Et parfois, les méchants l'ont nommé Pique-Assiette.
C'est une calomnie, et je suis répondant
Qu'il n'accepte jamais qu'à son corps défendant.
Ici, c'est une noce, et là-bas, un baptême.
« Vous dînez avec nous. » — « Cette offre est la cinquième ;
Si j'accepte céans, quatre vont m'accuser ;
Mais à vous, cher ami, je n'ose refuser. »
Puis : « Avant de sortir, toujours, ma ménagère,
» Sur un plateau dispose un verre de madère ;
» Mais, pressé ce matin d'un message importun,
» Je n'ai pu m'en munir, je suis encore à jeun. »
— « Que ne le disiez-vous ? Et vite, une servante !
Que l'on serve à l'instant un flacon d'Alicanthe ;
Séparez ce nougat, ce macaron glacé ;
Apportez des biscuits… » Le portrait est tracé.

Depuis six mois, mon cher, avec grand soin, j'apprête
Un petit opéra, que j'ai, pauvre poète,
Non sans beaucoup d'efforts, sorti de mon cerveau.
Je suis seul, ignoré, dans les lettres nouveau,

Et pourtant désireux de me faire connaître.
Comment y parvenir? Dites-moi, mon cher maître,
Quelle route adopter? Je sais qu'à maint auteur,
Mécène, le lettré, servit de protecteur;
Et devant le public, près de franchir l'arène,
Serait-il point prudent de consulter Mécène?
On le dit obligeant, et j'ai l'intention
De réclamer l'honneur de sa protection.
— Qui, dans ton cœur, enfant, mit ce projet frivole?
Va, si ton front, un jour, doit ceindre l'auréole,
Jamais ce protecteur ne te protègera.
Dis, sais-tu les talents que son aîle entoura?
Il flatte l'ignorance, il proscrit le génie,
Ou l'étreint, et pour lot, lui donne l'avanie.
Mécène, dont l'orgueil vise à l'édilité,
Est l'homme universel; il a tout inventé.
On croit un sujet neuf; point : sa fertile plume,
Avant vous, l'a traité. Vite, au feu le volume.
Si le sujet est faux, il encouragera
Vos pas dans cette ornière, et puis il combattra,
Dans des journaux à lui, dans de plates revues,
Vos écrits, que sa main fit couvrir de bévues.
C'est un rude joûteur, on vante ses exploits.
Mécène est le héros de ces nobles tournois,
Où d'avance, écartant les joints de la cuirasse,
Il perce bravement le débutant bonace;
L'esprit languit et meurt sous sa direction;
Tel est le sort qu'il fait à l'inspiration.
A ses yeux, rien n'est beau, qui peut être durable;
Il condamne au trépas tout ce qui naît viable.
De Mécène, toujours, les actes ténébreux

N'ont qu'un but : arrêter les élans vigoureux.
Dans ses lacs, une fois, vous tenant en tutelle,
Il agite à son gré la cloche et la crécelle.
Soyez donc résigné, vous aurez du talent,
Lorsque le permettra ce **Mécène** excellent.
Mais on dit cependant qu'à toute flatterie
Son cœur est accessible ; or, si la fourberie
S'accorde avec vos goûts, usez de ce moyen.
On prétend qu'à ce prix, le célèbre *Adrien*,
L'Hercule du fatras, a pu faire un miracle.
Mécène, d'Adrien est devenu l'oracle,
Au prix de la bassesse, il a conquis l'aman.
Soyez, comme Adrien, valet d'un charlatan.
A ses piéds, déposez, d'une muse fourbue,
L'esprit que l'on récolte à l'égoût de la rue ;
Dans la fange, avec elle, abaissez votre front ;
Sur son appui, comptez au prix de cet affront.
Mais je lis dans vos yeux ; au feu qui les anime,
Je vois, de votre cœur, le courroux légitime
Repousser loin de lui l'emploi d'adulateur.
Courage, ami, marchez, dédaignez l'imposteur ;
La route a des écueils, alors que l'on débute ;
Mais noble est le succès, quand grande fut la lutte.
Arrière donc, Mécène et sa protection !
A toi seul, Adrien, ce lot d'abjection !!!

Nous sommes en carême, ère de repentance ;
Revêtons le cilice et faisons pénitence.
Une foule empressée envahit le saint lieu,
Avide d'écouter les ministres de Dieu ;
Le père Ventura, le révérend Lavigne,

Émeuvent les pécheurs, et moi, le plus indigne,
Je franchis le portail, me glisse doucement
Au milieu du silence et du recueillement ;
J'aperçois *Cafardo*, protecteur de l'enfance,
Lumière indispensable à toute conférence.
Quel modeste maintien ! Je ne puis, sans émoi,
Songer que ce saint homme est aussi près de moi.
De l'apôtre éloquent, la parole sacrée
Transporte Cafardo ; plus d'une simagrée
Peint son émotion ; il s'incline bien bas,
Redit les *Orémus* en poussant des *hélas ;*
Il gémit, il sanglote, et la sainte assistance,
D'une sincère foi, croyant à l'existence,
Exalte ses vertus, admire sa ferveur,
Et lui prédit d'en haut la céleste faveur.
L'office est terminé ; me perdant dans la foule,
Je suis dévotement le torrent qui s'écoule,
Bien décidé, ma foi, de faire mon profit
De ce sermon si beau, gravé dans mon esprit.
Je marche lentement ; au bord d'une ruelle,
Apparaît Cafardo ; des vertus, ce modèle
Avance en hésitant, interroge des yeux
Les passants, dont il craint les regards curieux.
Etonné, je m'arrête, et guidant ma démarche
Sur la sienne, j'attends ; il se remet en marche ;
Je le suis pas à pas, et fais halte au sentier
Où madame Vénus exerce son métier.

. . . .
. . . .
. . . .
. . . .

Or, faquin éhonté, faux dévot, parasite,
Renégat, médisant, protecteur hypocrite,
Eternel jouvenceau, nobliau décrépit,
Parvenu ridicule, impudent bel esprit,
Avec vous, nous trouvons délassements de prince.
O pantins ! que du doigt l'on se montre en province.

FIN.

LILLE, IMP. ALCAN LEVY

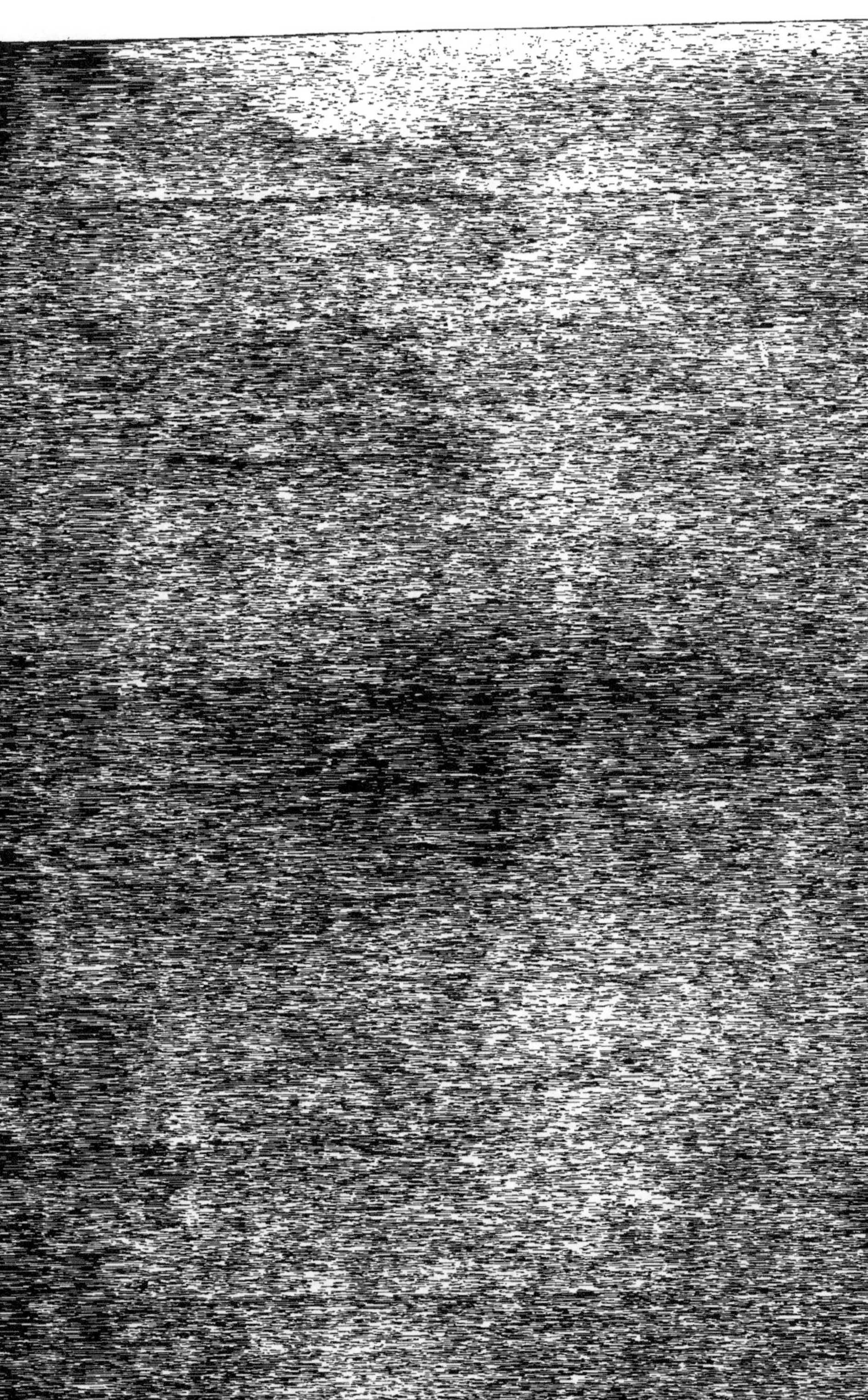

9 782013 273206